耕读传薪

张戊子诗集

张戊子 著

海峡出版发行集团
海峡文艺出版社

图书在版编目(CIP)数据

耕读传薪:张戊子诗集/张戊子著. —福州:海峡文艺出版社,2023.11
ISBN 978-7-5550-3523-7

Ⅰ.①耕… Ⅱ.①张… Ⅲ.①诗集—中国—当代
Ⅳ.①I227

中国国家版本馆CIP数据核字(2023)第220169号

耕读传薪——张戊子诗集

张戊子 著
出 版 人 林 滨
责任编辑 余明建
出版发行 海峡文艺出版社
经　　销 福建新华发行(集团)有限责任公司
社　　址 福州市东水路76号14层
发 行 部 0591—87536797
印　　刷 福州力人彩印有限公司
厂　　址 福州市晋安区新店镇健康村西庄580号9栋
开　　本 787毫米×1092毫米 1/16
字　　数 120千字
印　　张 17.25
版　　次 2023年11月第1版
印　　次 2023年11月第1次印刷
书　　号 ISBN 978-7-5550-3523-7
定　　价 80.00元

作者　张戊子
一九四八—二〇〇二

作者简介

张戊子，男，（一九四八—二〇〇二），福建屏南县漈头村佳地坮自然村农民。先生自幼浸染传统耕读文化，初中毕业回乡一意耕读，尤好诗词歌赋，并多吟咏，每能获地、省、国级大奖。为福建省诗词学会会员、县诗词学会理事、屏山诗社、鸳鸯溪诗社副社长。先生诗富，存稿一千六百余首，生前自辑《稚草集》一卷。

耕读传薪

顾问：张荣彬
作者：张戊子
编辑：周修钦 彭东灼

前言

张戊子、曾用名张一戈、张鸿翼、一九四八年生于屏南县棠口乡佳地坮自然村。先生自幼聪颖好学、『文革』辍学回乡、以农余刻苦读书、博览史哲诗文、尤好唐诗宋词、勤研韵律词藻而出口成诗，时闻乡里；先生诗作计一千六百余首，自辑有《稚草集》一卷，曾任屏南县鸳鸯溪诗社副社长。

戊子先生耕读一生，有诗为证：『秀水青山画不如，三间陋屋足安居。』『农桑一任年华老、春风南亩留诗章。』在现实生活中，尽管先生也有无奈，也曾疑惑，然『竹帛留言方永寿，百年富贵总虚名』安贫乐道、超然物外仍是先生坚守的理念。《七律·香港回归》和《七绝·纪念虎门销烟……》等激昂诗篇展现了诗人浓烈的家国情怀；《全国土地纪念日》《鸳鸯溪白水洋景区咏歌》唱出了农民诗人对土地和家乡山水淳厚的爱恋；《采桑子·窗灯即事》生动地再现了诗人的苦乐人生。

在物欲横流的当下，戊子先生甘守清

负，坚持耕读、与诗歌结下不解之缘，以致于因积劳成疾、病榻上他最后写下『他日皮囊长解脱、仙曹愿乞作诗奴』的绝唱，体现了先生对诗歌不渝的追求，感人至深，令人景仰。

我们编辑出版《张戊子诗集》，一为纪念可敬的耕读诗人张戊子先生；二为我族优良的耕读传统、耕读精神鼓与呼。

限于篇幅还不少戊子先生的好诗词尚未收入集，望诗友见谅。

编者

二〇二三、二、

目录

七言古风
鸳鸯溪白水洋景区咏歌 一
贺《霞浦古今诗词集萃》出版 九
文艺创作座谈会感怀 一四
五言古风
中秋 一九
四言诗
建瓯赞 二一
杂言诗
书信乐交游 二七

七律

山居　三〇
旅浙返乡途中　三一
参加宁德地区业余作者文艺创作座谈会感赋　三二
重逢　三三
迎接国庆四十周年宁德六都诗书画学会举办故乡一枝春诗赛　三四
九峰寺　三五
麟儿升学省卫校三首并序　三六
福鼎建县二百五十周年纪念　四一

七律

登南岳「限韵」 四二
贺福安建市 四三
郑孝禄先生邮赠《奉和台湾河南史「三山缅福州」辘轳体十叠原韵》 四四
屏城吟赠别 四五
风风雨雨总劳人三首 四六
建党七十周年献颂 四九
日出 五〇
蒲山春节诗会即兴 五一

七律

闽清梅声诗社十周年社庆 五二
印月湖题咏 五三
和宁德西陂联唱 五四
应仙游仙溪诗楼落成征题 五五
闽台文化交流诗会即景 五六
毛泽东一百周年诞辰献赋 五七
屏山诗刊创刊 五八
新春呈辞 五九

七律

复良奘学三首　六〇
霞浦长溪诗社社长张景鸾先生杖朝大庆二首　六四
庆祝霞浦长溪诗社成立十周年　六六
抗日战争胜利五十周年感赋　六七
游白水洋　六八
屏南县诗词学会成立　六九
建党七十五周年献颂　七〇
长征胜利六十周年纪念　七一

七律

迎香港回归　七二
晚晴颂　七三
喜香港回归兼怀民族英雄林则徐　七四
五十初度抒怀四首　七五
五十初度蒙吟坛师友宠锡华章乃叠《抒怀》原韵致谢四首　七九
霞浦长溪诗社举行庆归征诗委托选评吟以同庆　八三
屏南一中四十周年校庆咏怀　八四
建军七十周年献辞　八五

七律

郑道居先生初度崇庆敬次『述怀』原韵　八六
春夜遣怀次《华夏吟友》主编王成纲师《编辑漫吟》原韵九首　八七
派波一逝谁堪挽　九七
严格老吟翁九秩献颂　九八
老年节抒怀　九九
老年节献赋　一〇〇
诗国春回感物华二首　一〇一
旅马乡贤余清守兄弟投资兴建华侨中学并设立奖学助教基金　一〇三

七律

林中颖吟翁九秩寿庆贺辞 一〇四
国庆五十周年 一〇五
澳门回归喜赋 一〇六
福州三山诗社十五周年社庆贺辞 一〇七
结婚三十二年作 一〇八
康衢策马莫徐徐 一〇九

五律

礁石 一一一
落花 一一二

五律

瞻仰革命烈士纪念碑　一一三
选评霞浦县光明一唱折枝赋贺长溪诗社国庆四十周年诗会　一一四
泉州市刺桐吟社建社十周年志庆　一一五
屏山诗社社长陈建军先生杖朝志庆　一一六
缅怀薛令之　一一七
战洪图（限题限韵）　一一八
福建教育出版社立副总编幼宣先生古稀献辞二首　一一九
伤别　一二一

七绝

满山红 一一二
春兴 一一三
采茶二首 一一四
春日抒怀 一一五
长溪诗社赠阅《诗评》赋酬 一一六
少年宫 一一七
林前红军洞 一一八
雌雄石 一一九

七绝
瓶花二首 一三〇
林其锐先生莅屏集屏山吟友作联欢吟唱会 一三二
张元千九百诞辰纪念 一三三
助听器 一三四
挽范必贤先生 一三五
宁德市《滴水题笺》诗刊欢度春节征诗委托评选之余拾句为贺 一三六
为计划生育宣传教育而作四首 一三七
石雕颂 一四〇

七绝

闽东游击第三支队成立六十周年纪念 一四一
纪念虎门销烟一百五十五周年（限韵） 一四二
选评霞浦「国家」一唱折枝诗 一四三
两岸文化交流「限韵」二首 一四四
爱国诗人谢翱逝世七百周年祭 一四六
菊花吟 一四七
白水览胜四首 一四八

七绝

陇上吟　一五一
全国土地纪念日　一五二
奉酬福州三山诗社郑孝禄秘书长惠赠《兰居吟草》　一五三
鸡窗随笔二首　一五四
吟事二首　一五五
无题　一五七
笋　一五八
福安郭绍恩吟友惠赠《识途吟草》　一五九

七绝

钱 一六〇
读《大梦山房吟稿》随笔 一六一
周恩来总理一百周年诞辰纪念 一六二
赋酬古田苏翔麟吟丈惠赠大著「岫云集」 一六三
十一届三中全会二十周年纪念五首 一六四
鸡鸣山朝天龟 一六七
吟酬翁绳馨词丈惠赠大著《烬燃集》三首 一六八
郭道鉴先生惠赠《己卯北行吟草》 一七〇

入城 一七一
读《花朝诗刊》 一七二
七绝
读报有感 一七三
观书随笔 一七四
仙曺还乞作诗奴 一七五
五绝
四季吟四首 一七六
郑孝禄先生赴日探亲旅游赋以送行二首 一七九
菊 一八〇

词 望江南二首 一八一
满江红 一八二
词 满江红 庆祝国庆三十八周年 一八四
临江仙 咏泉州 一八六
西江月 回归赋 一八七
沁园春 欢呼中共十五大隆重召开 一八八
蝶恋花 福建诗词学会成立十五周年纪盛 一九〇
临江仙 园坪溪水电站 一九一

踏莎行　一九九九　一九二
鹧鸪天　吟窗漫兴　一九三
词
鹧鸪天　学诗　一九四
采桑子　灯窗即事三首　一九五
鹧鸪天　寄北　一九八
临江仙　山花　一九九
折枝诗选录　二〇一
附录(一)诗友吟赠选录　二二二

七绝 戊子词长见示长歌二首谨呈一绝抒感 二二二
七律 致屏南戊子吟友权作复信 二二三
七律 赠戊子 二二四
七绝 赠戊子 二二五
七绝 闻戊子词兄染恙诗以慰之 二二六
附录（二）读戊子先生诗集感怀四首 二二七
附录（三）《闽东报》报道文章 记农民诗人张戊子 二三〇
后 记 二四一

鸳鸯溪白水洋景区咏歌

一九九六年六月

白水风光天下奇，声名苹苹世咸知。
丹青一幅初经眼，神往心驰不自持。
我亦生怀山水癖，览胜何堪迟筇屐。
驱车此日访鸳乡，俗虑冗烦皆冰释。

九曲通幽临白水、奇观欣赏溪山美。
峭壁悬崖抱岸田、三峡猿声如在耳。
五丁谁聘到岩疆、玉璧河床平削砥。
流汞漫漫一望赊、仿佛银河收眼底。
文禽曾此久幽栖、双宿双飞岁岁齐。

自是藏娇胜金屋，玉箫引凤到鸳溪。
古木修篁森野岸，如火如荼山花灿。
苔痕草色各争春，拥碧藤萝悬水畔。
澄波掩映万山青，幽僻人谁走马经。
好鸟鸣林相唱和，斑斓红紫交流馨。

滿眼风光看不足，扶杖羊肠十八曲。
冲霄宛若登岱盘，五老峰高恣眺瞩。
巍然石桌列山巅，联袂曾邀八洞仙。
盘古遗留经纬在，残棋一局剩何年？
放眼遥青瞻近绿，山山罗拜皆臣伏。

花犹媚我锦成堆，只有溪流去不复。
或如虎啸下危滩，或作龙吟出空谷。
滔滔一泻落千寻，暴鼓怒雷雄飞瀑。
为有涵容激可收，一潭尤比一潭幽。
蓝桥栖老神仙眷，潭潭碧水蓄风流。

溪如走线々百折，潭似明珠々乱缀。
两岸嵯峨乱石多，丑犀怪象都奇绝。
天风习々敞衣襟，七字填胸欲放吟。
莫道词源比水盛，彩笔难穷造化心。
改革声中开门户，千年梦醒藏春坞。

迎来游客五洲多，一角溪山成热土。
美人丰韵一枝花，处女欣看揭面纱。
为国为民多创汇，小家碧玉亦矜夸。
近水楼台得月先，登临我却晚游鞭。
溪山胜概饶图画，辜负风光若许年。

胜赏方酣神远纵，夕阳西下苍山缝。
归来拥被眠未眠，魂抱溪山同入梦。

本诗荣获鸳鸯溪景区全国有奖征诗甲等奖并刊发于《福建诗词》第八集，入选《中国山水名胜旅游诗词散文集》

贺《霞浦古今诗词集萃》出版 一九九九年八月

秀水明山遍霞浦，钟灵毓秀今而古。
庙廊柱石栋梁多，诗国长才尤难数。
新莺老凤雨堪夸，雕琼镂玉玉如花。
璀璨遗留珠万斛，凭谁收贮驻光华。

长溪社长张景骞、杨风播雅独当先。满腔热血文明献、艺苑争光年复年。弘扬国粹携同道、诗海词山穷探讨。上溯太康下及今①、搜尽阳春白雪吟。锦丝还乞天孙杼、勤把珍珠寸寸组。

金貂彩凤织成裘，一卷新镌群芳谱。
群芳五彩灿文章，一枝一叶皆芬芳。
孟淡苏豪浓艳李，古音今韵共悠扬。
我本屏山一株草，瘦叶无华风前老。
鱼来雁去识长溪，诗坛缘结三生好。

海滨邹鲁仰名贤，酬唱嘗呈下里篇。
青眼不嫌山花瘦，钗荆裙布傍闺秀②。
莫嗤蓬草立麻丛③，春来秋去亦同寿。
诗林近起编书风，年利途开名教中。
斯文忽逐青蚨转，鄙与市廛交易同。

凡人能踵长溪步，雅操全凭文字铸。

弘扬诗道〻尤隆，巍〻大纛拂云树。

注

①霞浦古名温麻，建县于晋太康三年

②《霞浦古今诗词集萃》收编有本人习作

③古歌谣：蓬生麻中不扶自直

本诗原载《华夏吟友》第四集

文艺创作座谈会感怀

一九九九年九月

中华此日家风浓，海阔天高展壮猷。
文运亦随国运转，春风红紫遍神州。
小邑琴堂来俊彦，河阳欲植花盈县。
文风有志振山城，罗致才华鸳溪遍。

电波递语到农村，袜线庸才亦传见。
艺坛翘楚集同堂，双百生春春正芳。
经验交流期互补，一天云彩共飞扬。
豪言壮语金色掷，座中独愧布衣客。
未曾开口面先红，期期艾艾言难白。

有癖尝痂笑我痴，桑麻隙里觅芳枝。入手尚留泥气息，登堂脚步总迟迟。成针有愿曾磨铁，五夜灯寒心尚热。诗国问津几度霜，回肠路溅羸蹄血。羸蹄血染山花新，一缕香分上苑春①。

百尺竿头争寸进，寒灯熬却廿年辛。
半纪光阴驹过隙②，岂有长绳堪系日。
谁教碌碌误东隅，满眼斜阳悲伏枥。
「无涯学海本悠悠，自古辛勤便是舟。
莫对艳阳舒腐气，愿君更上一层楼」。

小草应怜生阡陌，万千嘉勉叨鞭策。
官民握手共言欢，缕缕春温暖肝膈。
感此春温志益坚，耕耘艺苑欲争先。
腾黄已乏嘶风力，犹冀枝头硕果悬。

注①近年习作蒙《中华诗词》等国家级书刊发表 ②时年五十有二

中秋

一九七九年

佳节又中秋，精光腾玉兔。千里共澄辉，箕斗清可数。犹忆黉宫夕，情怀溢毫素。依依月下行，喁喁花间诉。海沽石烂心，携手青云路。天际起狂飙，花飞桃李树。

劳燕各西东，沱作沾泥絮。岁月自骎骎，莫挽东君住。十载易春秋，蟾华清如故。一枕寤邯郸，好梦无凭据。

建瓯赞

一九九六年三月

建安置邑，建德设州。闽山姓字，以汝为由。五代建都，别有春秋。郡府道路，历史悠悠。城建恢宏，四海典型。栋宇鳞鳞，百堵云兴。

街衢巷陌，如纬如经。桃花满县，
子贱鸣琴。鲜花着锦，繁华市井。
灿烂云霞，琳琅商品。钟灵毓秀，
代出名流。高丽驻节，为国展猷。
调羹辅政，敢匹伊周。史承班马，

文踵苏欧。朱熹过化，学纵其优。
取义舍身，练氏堪讴。陆李辛蔡，
曾此长游。荟萃人文，语不胜收。
建州谈吐，闽北皆伍。杨霞曲社，
犹留旧谱。游艺挑幡，名播海宁。

凤饼龙团，两宋独步。建窑建盏，
蜚声万户。文化昌明，垂誉今古。
轻工业产，美酒名茶。漆碗纸伞，
世共称嘉。竹木香菇，笋桔西瓜。
建莲泽泻，药用无涯。东箭南金，

天宝物华。财源万种，致富千家。胜概奇观、覆船归宗。黄华雄拔，秀出城中。天湖丽色、秋月春风。褰裳濡足、游屐难穷。千秋划野、累代扬光。改革开放、更写新章。

发展经济，纲举目张。撤县建市，
凤翥龙翔。文明岁月，日益辉煌。
鋌进康庄，骐骥腾骧。
原载《建瓯诗词》

书信乐交游

一九九七年四月

漠漠白云深，幽幽流水咽。
绿衣有使来，此心多欢悦。
片言为我振精神，寸楮吾将传衷曲。
不须风雨夜联床，人生共讨真禅诀。

学海求知首戒骄，良师处处雁为邀。攻坚还赖他山玉，问字何妨千里遥。论文有癖人能共，笔底雌黄情自纵。说恶深叨师友恩，三省终身添受用。人间声色咸为乐，情欢我以鳞鸿托。

富贵由他到手悭，文字交游还订约。

山居

一九七四年

秀水青山画不如，三间陋屋足安居。
东方曙破扶犁出，南亩春回带雨锄。
化蝶欲酣遥夜梦，挑灯为爱半床书。
花开花落无人管，胸次闲云自卷舒。

二〇〇〇年发表于《福建诗词》第十集。

旅浙返乡途中

折柳分襟感慨深，春酣一梦费追寻。
落花不尽绸缪意，流水空多缱绻心。
缘满十旬悲作客，情牵千里惜知音。
到年已向闽山发，剩有新诗只自吟。

参加宁德地区业余作者文艺创作座读会感赋 一九八〇年

艺苑蔚花愧学趋，立言有志惜三余。
竿头步履艰于进，笔底英华苦不舒。
广取真经开智窍，好将活水注心湖。
一堂济济勤研讨，双百春风敞画图。

重逢

一九八六年

耳鬓厮磨笔砚同，谁教劳燕各西东。
云程比翼曾留约，学海潜心莫竟功。
狼籍共悲黉宇劫，凄凉独许竹篱风。
焦桐辜负知音赏，寂寂青山日欲红。

迎接国庆四十周年宁德六都诗书画学会举办故乡一枝春诗赛　一九八八年

卌年奠鼎庆芳辰，左海吟俦欲创新。
夺锦骚坛添尔雅，悬标翰苑见精神。
名篇共仰千秋作，国故长扬百代珍。
万里东风方浩荡，六都更放一枝春。

九峰寺

一九八八年

名著禅林几度秋，院古寺月雨悠悠。
化龙人去仙踪渺，诵典声传竹径幽。
锦涧波摇峰影动，佛堂香散晚风柔。
九峰又见添新色，满眼茶山翠欲流。

原载《江南诗词》季刊八九年三期

麟儿升学省卫校三首并序

一九八八年

长儿龙麟初中毕业，基于余之体弱家贫，以其早出为计，使报考中专。幸姓名高列，为佳沿培村辟基二百余年播第一颗读书种子。欣喜中犹杂酸楚也，感而赋。

余原井蛙，未能一睹天地之广阔，得一缕阳光，即沾沾然自喜，生而贱，家尤贫，志也短，望焉奢？颜且厚，敢以此示人焉。

（一）

瘠土壅花种瓦盆，东君有脚到蓬门。
廿年汗血融焦壤，一缕芬芳出小园。
微雨姑为长早慰，薄裘宁不酷寒恩。
从今环堵添春色，绿叶青枝更展根。

（二）

平生抱负恨难张，剩得秋情三径霜。
一代风云罹浩劫，十年书剑付鸿荒。
勤将汗水资苗长，奋欲雏鸡作凤翔。
盼得春阳光户牖，阶花犹冀早腾芳。

（三）

累代耕锄总结绳，恩荣哪得到畦塍。
幼时孤我亲先弃，壮不如人岁又增。
纵拓心田期德种，何来背景藉儿凭。
羊肠若许康庄辟，便是龙门鼓浪登。

福鼎建县二百五十周年纪念 一九八九年

划野悠然岁月赊，风流累代出英华。
鸿才匡救千秋誉，理学泽留百姓家。
太姥敢齐天下胜，鼎城本是国中花。
于今更展图南志，九万鹏程沐彩霞。

登南岳「限韵」

一九八九年

名山氣慨仰豪雄，拾级扶筇访化工。『望日』方迎晴旭艳，『祝融』又蹴彩霞红。松涛卷地摇沧海，雁阵连云入太空。极目南天舒画卷，宏图处处正邀功。

贺福安建市

一九九〇年

福安风物本妖娆，又显河山一代娇。原载

仙岫云霞皆灿烂，龟湖波浪亦矜骄。《福安

地灵自古人多杰，春好而今景更浇。诗词》

喜看韩阳新建市，欢声处处伴春韶。

郑孝禄先生邮赠「奉和台湾何南史「三山缅福州」辘轳体十叠原韵」 一九九〇年

倚马才难玉尺量，吟笺十叠总堂皇。
淋漓墨蕴行间彩，绚烂花腾笔下芳。
缘绮引商回两岸，金声掷地播遐方。
学趋我愧雕虫拙，弄斧何堪处处狂。

屏城吟赠别

一九九〇年

瞻韩早欲谒诗仙，吟旆飘然乍莅屏。
迎送深惭迟扫径，欢欣长恐太忘形。
论文兴逸风生座，击铎声酣月满庭。
何事骊驹遽整驾，天涯赢得草青青。

入选《黄鹤杯》诗词楹联精品荟萃》

风风雨雨总劳人 三首 一九九一年

南亩春深草似茵，风风雨雨总劳人。
多年羸病心谁慰，十亩犁锄手自亲。
扫尽矜豪甘落拓，添多块垒任新陈。
衰颜身似经霜叶，辜负人间物候新。

其二

一缕蚕丝织苦辛，玉楼成架尚耕春。
田头载富原如梦，笔下寻欢亦带颦。
暮〻朝〻难憩我，风〻雨〻总劳人。
升平犹幸今联岁，鸡犬相安息子民。

其三

但期存拙保吾真、得失鸡虫莫细论。
已是寸心灰后冷、何曾尽蠖屈中伸。
乐天可养清和气、知命还修自在身。
入世何妨甘淡泊、风风雨雨总劳人。

逢党七十周年献颂

一九九一年

曾教沧海易桑田，慷慨长歌七十年。
万里江山凭再造，九州日月庆高悬。
经多逆浪船犹稳，吹彻东风景更妍。
百代民心归主政，航程处处拓新天。

日出

一九九一年

万卷鸣鸡落晓星，沉酣世界梦初醒。
霞蒸大海推全镜，雾敛青山散画屏。
眼底有花皆烂漫，天涯无草不芳馨。
乾坤处处恩光满，百鸟晴空好奋翔。

原载《东坡赤壁诗词》季刊九三年四期入选《新中国诗词大观》

潇山春节诗会即兴

一九九二年

春催淑气满人曹，欢乐声中志更豪。
慷慨情怀图报国，风流世界欲兴骚。
潇山天籁扬清韵，沅水波光润彩毫。
寄语诗坛诸旧侣，文明事业好同操。

阆清梅声诗社十周年社庆

一九九二年

迎来双百艳群芳，一代文光耀汉唐。
玉蕊清芬扬正气，骚坛雅韵谱新章。
风流人物探骊惯，俊逸才华吐凤长。
十载豪吟诗万首，梅花林里尽宫商。

印月湖题咏

一九九二年

玉容何处睹嫦娥，且借村南一鉴波。

水泛烟光飞玉兔，山环螺髻傍银河。

袭人香郁群花艳，快我风清翠盖多。

映彻广寒来舞袖，沿堤碧树共婆娑。

原载『泺头村史』

和宁德西陂联唱

一九九二年

鱼米仙乡十里陂、沧桑正道谱新诗。
千秋壮举填瀛海，一代欢声载岸堤。
花柳迎春皆梿艳，湖山着色总超奇。
欢看万亩桑麻长，赤鉴丰功有口碑。

原载宁德《西陂联唱》诗集

应仙游仙溪诗楼落成征题 一九九二年

珠圆玉润好赓酬，绣阁雕甍耸画楼。
滴墨研朱新试笔，分笺索句雅争筹。
一帘风卷晴云影，万里情联隔海舟。
槛外奇峰青到眼，碧梧止凤在山丘。

闽台文化交流诗会即景 一九九三年八月

海山莫道隔千程，艺苑挥兵已并营。
国计何年同两岸，诗缘此日证三生。
满堂喜气掺豪气，一院吟声伴诵声。
彩笔新花欣共赏，行空马骤五云轻。

原载《华夏吟友》第三集

毛泽东一百周年诞辰献赋 一九九三年八月

瞳瞳丽日出韶山，一吐辉光遍宇寰。
创国功垂千载后，拯民泽布五洲间。
发扬马列传真谛，解放河山铲旧颜。
旷古奇勋长不泯，紫微万代灿光环。

屏山诗刊创刊

一九九三年十月

赖有春晖煦小芽，园林雅辟育新花。
耕耘犹待身心献，灌溉原宜血汗加。
共展风云夸意气，莫将铅粉写容华。
二为双百联同道，好送清芬到万家。

新春呈辞

一九九四年元月

处处欢声笑语频，阳和大地又囬春。
一天雨露山河润，满眼风光物候新。
击壤人歌長盛世，脱贫民乐小康辰。
心花爆竹欣同放，共沐尧恩感舜仁。

复良奖学三首

一九九四年一月

朱复良先生捐献福安市教育奖学金十万美元。为扩大社会影响，福安秋园诗社发起征诗评奖活动。吟以应征。

兴邦助教作津梁，学界邀功感复良。
励进有方催化凤，奖优为策促腾骧。

春荣左海花尤艳、日丽阳关道正长。
仰看青云多瑞气、福安神采总飞扬。

其二

爱国关心掖后贤、复良奖学写新篇。
尽却腐气离黉宇、好促良才起砚田。

道辟阳关天更阔，春生韩坂日尤妍。
风华处处留真赏，学海长帆万里悬。

其三

成风成龙事已常，复良奖学史留芳。
为民创绩培才俊，兴国邀功育栋梁。

一代青云夸意气，千秋伟业耀文章。
韩阳从此花争艳，缕缕清芬远播扬。

本题第一首原载于《东坡赤壁诗词》九四年二期，第一第三首获征诗评佳作奖，第二首获二等奖。三首均载《朱夏良奖学诗集》

霞浦长溪诗社社长张景骞先生杖朝大庆二首　一九九四年十二月

卓识高才擅一方，士林雅望著荣光。
十年洛社磁针掌，九邑吟章玉尺量。
抒见皆精言醒世，摛文不朽墨留香。
探骊夺是风流客，金鉴家声仗发扬。

其二

南山手种万年枝　逝水由他日月驰
百岁精神更应健　十全业绩莫嫌迟
窗前翠柏凌云秀　半天丹霞缀锦奇
最是桑榆多美景　优游杖履好寻诗

庆祝霞浦长溪诗社成立十周年

一九九五年四月

声誉独占八闽先，十载风华耀砚田。
热血浇肥芳草地，吟旗灿入碧云天。
花开龙首夸娇艳，士出长溪仰俊贤。
喜兹春风多得意，扬帆翰海力超前。

注：长溪诗社为省“芳草计划”示范点

抗日战争胜利五十周年感赋　一九九五年六月

长蛇荐食忆当年，事变芦沟血尚鲜。
扫却妖云夸国士，迎来杲日照桑田。
杀青犹痛沦亡史，凝碧宁忘抗战篇。
回首沉沙看折戟，升平尤惜舜尧天。

游白水洋

一九九五年十一月

枫来添丹菊未黄，驰车此日兴方长。
扶行幽径盘山曲，信步名街蹴水凉。
五老登高寻鸟道，双仙览胜入鸳乡。
耽游莫憾斜阳晚，一幅轻纱一壑苍。

鸳鸯溪景区全国征诗丙等奖 刊载《福建老年》月刊97年11月 《甘肃诗词》2000年第5期

屏南县诗词学会成立

一九九六年一月

鸳鸯溪畔纵文光，帜树骚坛丽日长。
春到屏山尤灿烂，花开艺苑益芬芳。
诗承李杜吟风振，韵究苏辛天籁扬。
一代才华期蔚起，别开生面拓康庄。

逮党七十五周年献颂

一九九六年七月

救国兴邦拯万民，起从湖航转天钧。锤镰击碎三山土，雨露敷成四海春。特色兰图描远景，小康前路辟通津。讴歌欲献千秋颂，葵藿同倾日一轮。

原载《福建诗词学会通讯》20期

长征胜利六十周年纪念

一九九六年七月

备历艰危巍雨风，长征万里颂英雄。
金沙浪洗丹心炳，大渡桥凝碧血通。
星火敢驱遥夜墨，战旗终导九州红。
年周六十丛歌咏，救国毋忘不世功。

原载《福建诗词学会通讯》20期

迎香港回归

一九九六年七月

喜共扬眉话海桑、并行两制创辉煌。烽燃鸦片腥犹在、地割香江耻未忘。一代旋乾伸屈辱、百年归璧焕容光。勒勋此日丰碑矗、猎猎红旗灿艳阳。

省逸仙艺苑征诗获三等奖

晚晴颂

一九九六年九月

红轮莫道已西斜，洒向晴空朵朵霞。天际辉煌舒锦绣，人间富丽拥光华。菊开老圃秋堪赏，松抱贞心节可夸。休退何曾甘情我，还将余热煦桑麻。

原载《东南秋色》月刊97年12期、《福建老年》98年3期

喜香港回归兼怀民族英雄林则徐

一九九六年十二月

虎门一炬震坤乾，千载高歌正气篇。
振武守忠尝胆日，铭勋不负枕戈年。
璧归明月团圆赏，旗荡红霞灿烂悬。
英魄九天应慰藉，金瓯焕彩共和天。

原载省诗词学会《回归集》，改标作《金瓯焕彩》

五十初度抒怀四首

一九九六年十二月

五十韶光瞬眼中，谁教株守付流东。

种瓜种豆身将老，烹史烹经梦亦空。

枉有文章传里巷，愧无建树效英雄。

前尘何处堪回首，入崦匆匆日渐红。

其二

漫将头角说峥嵘，一劫黉宫学未成。
风雨落花悲坠溷，田园荷锸拙谋生。
傲非彭泽甘恬侯，瘦似东阳尚奋争。
此日人间春正好，岂堪腐气对朝晴。

其三

耕风耕雨鬓渐苍、肯因羸病卧残阳。
身虽力薄犹堪负、生固拳空总自强。
植遍园林花有子、浇肥立陇稻生香。
农家传统持勤俭、蜡炬春蚕志未忘。

其四

一任田泥没足深，书山墨海苦浸淫。三更首识青灯味，百卷研求臣匠心。吐凤不堪追汉赋，雕虫犹冀学唐音。升平倘许身长健，群怨兴观好放吟。

原载《华夏吟友》第三集

五十初度蒙吟坛师友宠锡华章乃叠《抒怀》原韵致谢四首

一九九七年九月

串串珠玑入眼中，羽鳞何必问西东。
人间高谊千秋在，胸际浮云一扫空。
诗国有情风亦暖，南山献颂笔尤雄。
开怀畅饮屠苏酒，莫笑桃花脸上红。

其二

人间岁月正峥嵘，宗意长风梦未成。
白袷青衫留本色，长锄短镰伴余生。
年华已逐星霜换，勋业宁容老迈争。
喜有朋交堪慰我，黄花三径乐秋晴。

其三

何必穷通问彼苍，枯枝哪复发春阳。
犹贫原究因谁误，易老冯唐枉自强。
山野菊梅皆冷淡，泥尘花草不芬香。
布衣寿获诗文宠，蓬荜光辉志莫忘。

其四

莫道知非涉世深，灯窗痴复作书淫。
凌云志气青春梦，逝水年华惨淡心。
卷帙堆中求乐土，文章笔下识知音。
颂歌应忝骚朋祝，溢美言词带汗吟。

原载《华夏吟友》第三集第二首
刊《中华诗词》98年5期

霞浦长溪诗社举行「庆归征诗」委托选评吟以同庆

一九九七年六月

百年宿耻濯来清，湖海腾波动激情。
诗国讴歌迎返璧，长溪藻采耀吟旌。
毫端新尝联珠句，纸上犹闻吐气声。
一统尊严同放眼，心潮澎湃总难平。

原载《秋实集》六期

屏南一中四十年校庆咏怀 一九九七年十月

逝水韶华过眼匆，当年曾此沐春风。
杏坛泽满恩偏渥，学海帆高气正雄。
坠溷余情悲浩劫，腾龙好梦忆黉宫。
盈园硕果今争艳，一片阳光绿树丛。

建军七十周年献辞

一九九七年八月

叱咤风云七十年，英雄业绩耀青篇。
驱清夷虏山河奠，扫净乾坤日月悬。
广夏千秋基更固，长城万里铁犹坚。
弦歌共作芳辰庆，鱼水情欢四海联。

郑道居先生初度荣庆敬次《述怀》原韵　一九九八年元月

履迹曾如雪里鸿，半生事业奋争中。
杏林身具回春手，政界人怀报国衷。
吐凤堪称文郁郁，探骊犹自意融融。
知非漫作斜阳语，树种南山叶正浓。

春夜遣怀 次《华夏吟友》主编王成纲师《编辑漫吟》原韵九首 一九九八年二月

雨笠风蓑苦不知，但将春评托阶墀。
犁锄忍使平生误，艰苦宁忘一旦辞。
建绩建勋空有梦，呕肝呕胆且敲诗。
抱枝莫笑篱东菊，绿叶新添日暖时。

其二

容膝心恬卧草庐、文章不放友朋疏。
登堂尽有知音客、系雁还修问字书。
学海扬帆庸恨晚、竿头着步未问初。
农桑一任年华老、卷帙犹堪伴起居。

其三

耿〻窗灯照夜深，捻须几畔自沉吟。
穷通早醒三更梦，劫难长伤百岁心。
目下浮云终尽荡，人间淑气又重临。
春风南亩留诗草，绿水青山有好音。

其四

瘦骨嶙峋鹤似形，不堪回首此身经。
凋零劫底万千泪，羸病田头三十龄。
马上还挺作气鼓，风前且系护花铃。
桑榆莫道斜阳晚，芳草天涯处处青。

其五

雨耨风耕马齿添，东篱种菊傲霜严。
金钱世界宁移性，蔬蕨生涯独守廉。
三省允宜防过失，四知争许蹈精嫌。
灵台夜气令谁沛，清映庭除月在帘。

其六

生涯落拓拙赡家，镂玉雕琼兴尚赊。
汗雨勤浇禾下土，管城独羡梦中花。
漫言秀毓三秋读，且看幽通一径遐。
身似颓阳情未了，崦嵫近处更蒸霞。

其七

儿女灯前笑语亲，由他饭甑欲生尘。
趋庭品作义方训，跨灶材期家国珍。
理想国难如月满，门楣已见逐年新。
宫商谱到阶除句，面有春风笔有神。

其八

骎骎岁月屡新更，辜负春晴与夏晴。
陇上叱牛难豹变，人前附凤背蝇营。
书山处处堪怡我，韵海泱泱别有情。
竹帛留言方永寿，百年富贵总虚名。

其九

梁燕年年去又回，村居莫改旧楼台。
春风犹计桑麻长，秋雨难逢节候催。
梦幻早随流水逝，衰迟渐逐夕阳来。
天公有惠如怜我，彩拥庭花朵朵开。

本题之第三、四、五、六、七等五首刊于《秋实集》第六集。第三、五、六等三首又登于《华夏吟友》之第四集。第三首入选《新中国诗词大观》。第三、五载于《全球名家诗词精选》。

流波一逝谁堪挽

一九九八年八月

学海风云坠涸英，秋原腐草不抽萌。

泥尘久困腾空翼，书剑徒怀报国诚。

卅载犁锄勤稼穑，三余笔砚拙耕耘。

流波一逝谁堪挽，漫对青山说晚晴。

严格老吟翁九秩献颂

一九九八年九月

誉著闽山九十翁，鸿才劭德更谁同。
春风煦遍黉中蕊，梦彩高扬笔下风。
铎帜骚坛身尚健，联珠藻海气犹雄。
一觞遥献冈陵颂，夕照蒸霞正满空。

老年节抒怀

一九九八年十月

遏难逝水叹华巅，更惜光阴故佩弦。
蜡炬为心心尚赤，春蚕有志志弥坚。
菊松漫拟营三径，勋绩勤邀到百年。
夕照煎霞煌焕彩，花开老圃益争妍。

老年节献赋

腾龙愿了卸征鞍，松菊新栽三径宽。
撷取烟云归画卷，收将山水入吟坛。
桑榆日丽身皆暖，湖海春深土不寒。
莫道东流波易逝，晚霞天半正流丹。

一九九八年十月

原载《华夏吟友》第四集
入选《全球名家诗词精选》

诗国春回感物华二首

一九九九年三月

诗国春回感物华，迎眸珠玉诵名家。
心头香沁千杯酒，舌本清尝七碗茶。
浪起长河情共激，云飞远岫思犹赊。
三更灯火群声寂，拾翠人迷上苑花。

其二

慢将诗赋说三唐，吟苑而今共拓荒。
一代风流争树帜，五湖花草竞腾芳。
长江后浪推前浪，美酒新装胜旧装。
莫为广陵悲绝响，宫商此日更悠扬。

原载《福建诗词》第十期

旅马乡贤余清守兄弟投资兴建华侨中学并设立奖学助教基金　一九九九年四月

爱国人怀赤子情，千金何惜一囊倾。
兴黉心冀渠材长，助学功邀玉蕊萌。
旱地禾苗新浥露，春风花草欲抽茎。
他年南海重归棹，十里家山有凤鸣。

原载《华夏吟友》第四集
入选《新中国诗词大观》

林仲颖吟翁九秩寿庆贺辞

一九九九年五月

沧桑世事任沉浮，不负生身九十秋。
橘井泉清方寸蓄，梅花品洁百年求。
光扬绛蜡勤留献，丝吐春蚕老未休。
此日华堂开寿典，吟歌一曲祝添筹。

国庆五十周年

一九九九年十月

天安树帜奠坤乾，破浪扬帆五十年。
政布春风苏九土，图开特色灿新天。
双文花发千枝艳，两制功收一镜圆。
立马昆仑犹远瞩，康庄挺进再扬鞭。

原载省诗词学会《通讯》27期

澳门回归喜赋

一九九九年十一月

紫荆艳放又红莲，九域同歌雪耻篇。
风雨昔年瓯苦缺，沧桑此日月终圆。
昭阳初照松山塔，春意新生镜海天。
禹甸鸿图开两制，彩云笺共写芳妍。

原载《中華诗词》2000年2期

福州三山诗社十五周年社庆贺辞

二〇〇〇年一月

三山一代聚群贤，播雅扬风十五年。
才纵艺坛饶盛举，桥连海峡有诗篇。
舒多绿叶春光艳，开遍黄花秋色妍。
大纛巍巍人共仰，元音犹待听新弦。

原载《东冶吟旌》

结婚三十二年作

二〇〇一年元月

捷步青云梦似烟，同曾坠涸雨风前。
畦塍种豆蒙携馌，陇亩分秧共力田。
净语每从灯下听，柔情独向病中绵。
和鸣敢诩无双侣，涸辙相濡卅二年。

康衢策马莫徐徐

二〇〇一年二月

予自去年十月初卧病，治疗无效，乃迁延日久，今年二月十五日病重抵榕协和医院作肺螺旋CT扫描报告曰：「警惕肺癌(MT)」乃住院观察、再作电视镜获确诊。时欲有所吟咏、然已脑力不支、思绪不继，仅得此无关痛痒之一，乃录之。

少年豪气未全除，岁月谁教到此元。
笔底漫期新铸话，灯前不复夜攻书。
金轮已届西沉际，天国吾将入步初。
碌碌庸才宜再造，康衢策马莫徐徐。

礁石

一九七四年

爱尔英雄慨，长怀拼搏情。

原载《华夏吟友》

浪涛千丈巍，風雨一身迎。

第三集；《福建诗词》

胃并鱼龙伍，还偕鸥鹭盟。

第九集；入选《新

中流恒兀立，不肯逐波倾。

中國诗词大观》

落花

一九七四年

恨着三春雨，愁生半夜風。缤纷怜瘦影，狼籍惜残红。迹剩马蹄认，香销金谷空。不堪幽怨里，一逝去匆匆。

瞻仰革命烈士纪念碑

一九八八年

突兀丰碑矗，凝来碧血成。原载《全国诗社

芳名垂百代，忠骨有余荣。诗友作品选萃》

松子盈山落，春风遍地生。

英魂应慰藉，家国已峥嵘。

选评霞浦县"光明"一唱折枝赋贺长溪诗社国庆四十周年诗会

一九八九年

四十华年庆，笙歌乐太平。
骚坛添尔雅，艺苑唱光明。
才擅生花笔，胸舒爱国情。
长溪多俊秀，击壤作新声。

原载《长溪诗讯》九八年十二期并入选《霞浦古今诗词集粹》

泉州市刺桐吟社建社十周年志庆

一九九五年五月

才俊清源毓，温陵邹鲁同。

原载《刺桐春韵》

十年擎巨帜，一代振诗风。

击钵豪情纵，扬芬正气充。

群花谁最艳，且看刺桐红。

屏山诗社社长陈建军先生杖朝志庆

一九九六年十一月

诗国经纶手，屏山一帜擎。
生花舒彩笔，播雅发豪情。
盛世春尤暖，前途晚更晴。
杖朝身矍铄，好梦叶长庚。

缅怀薛令之

一九九六年十二月

科甲开闽士，清廉忠国人。
学堪传帝子，节不媚权臣。
霁月行天朗，高风喻世新。
缅怀添景仰，一酹致崇禋。

战洪图（限题限韵）

一九九九年二月 入选《全球名家诗选》

何惧排山势，横挡倒海澜。
筑堤凭血肉，抢险共兵官。
堵决身为柱，防危阵作磐。
洪魔终俯首，铸碣入云端。

福建教育出版社立副总编幼宣先生古稀献辞二首 一九九九年八月

了却腾龙愿，优游乐未央。
湖山添咏草，藻采耀新章。
尽禄朝阳气，枕持晚节香。
毛锥呈美刺，翰苑正气扬。

其二

才踵韩苏辈，身趋李杜班。
声名驰翰苑，编著誉人寰。
为国丝犹吐，扶轮笔未闲。
古稀欣献颂，郁郁在南山。

伤别

二〇〇〇年四月

缘是萍根结，情同连理枝。
生春一室满，对月两心痴。
流水都成恨，飞花独感时。
骊歌和泪咽，聚合总难期。

滿山红

一九七五年

何曾灌溉仗人工、开遍乱山似火红。

热血一腔徒自沸，飘零都在雨风中。

春兴

一九七五年

红正凋残绿又新，风风雨雨过来人。
寻常一壑深山土，养得枝头自在春。

采茶二首

一九八〇年

日暖风和谷雨晴，满林新绿正菁青。采茶一曲山歌唱，十里春山若沸腾。

原载福安市《茶文化诗刊》

其二

拂翠穿林摘嫩芽，双挥彩袖泛朝霞。

莫疑粉蝶枝头舞，十指敢将灵巧夸。

春日抒怀

一九八〇年

百废俱兴世道通，田园无计起争雄。
埋根瘠壤病枝老，愧对春风树树红。

长溪诗社赠阅《诗评》赋酬　一九八六年

千里瑶函诗评传，华章读罢思绵绵。
文明一勺长溪水，沁入心田醉欲仙。

少年宫

一九八八年

墙垣不隔噪声中，窗户难关笑语融。门外闲花休弄影，春光都在少年宫。

原载《江南诗词》九八年一期

林前红军洞

一九八八年

经传马列到山陬，革命洪涛处处涨。
莫道林前岩洞小，曾熔炉大补金瓯。

原载《全国诗社诗友作品选萃》获宁德故乡一枝春诗赛二等奖

雌雄石

一九八九年

锻炼无缘作散材，栉风沐雨久生苔。
人间漫羡鸳鸯侣，寂寞荒山卧草莱。

瓶花二首

一九九〇年

其一

长颈瓶新注水清，鲜花一束缀升平。
耽吟每觉高谊在，相对无声似有声。

其二

邀得春光驻画瓶，氤氲一室散芳馨。
抛书相对情无限，手拂花笺写性灵。

原载《东坡赤壁诗词》季刊一九九五年第二期

林其锐先生莅屏集屏山吟友作联欢吟唱会　一九九〇年

千里吟朋喜聚逢，胸怀共豁笑谈中。

屏山此日添新韵，笔墨联欢雅颂丛。

张元千九百诞辰纪念　一九九〇年

抛将文笔事兵戎、为有匡时救国衷。
坎壈何曾埋素志，芦川正气更谁同。

原载《仲宗颂》集

助听器

一九九一年

敢以神功胜化工，独将精巧佐司聪。
殷勤倘问因谁献，尽在衰翁一笑中。

原载福州三山诗社《助听器》吟集

挽范父贤先生

一九九九年

为国为民吐尽丝，泉台何憾来装时。

一生事业堪垂后，史上文章笔下诗。

原载邳武樵川诗社《范父贤哀挽集》

宁德市《滴水题笺》诗刊欢度春节征诗委托评选之余拾句为贺　一九九二年

盈除花爆迎新岁，一院诗声作浩歌。
裁锦题笺挥彩笔，好将滴水汇江河。

原载宁德《滴水题笺》诗刊

为计划生育宣传教育而作四首 一九九二年

种植犹须株距量，人曹繁衍计宜商。试看郁勃参天树，尽在宽余沃土中。

其二

材如成器方居上，语若惊人不在多。

节育功期臻善养，为山九仞总嵯峨。

其三

盛治千秋彰大计，优生一代倡新风。

莳花划地量株距，好待娇娆朵朵红。

其四

休凭寸土育丛苗，纵有膏腴亦尽消
莫道儿多皆厚福，重重子债应难销

原载《计育生育诗刊》

石雕颂

一九九三年

镌刻能教顽石灵、点头何必借谈经。
千年精彩留文化、不朽宏功感匠丁。

原载《惠安诗社吟章》

闽东游击第三支队成立六十周年纪念　一九九三年

兵符一道绾雄师，游击人间组健儿。
革命征程频奏凯，山河千载矗丰碑。

原载《宁德诗词学会诗刊》

纪念虎门销烟一百五十五周年「限韵」 一九九四年五月

祸国奚容毒爪延，虎门一炬振乾坤。
沛然正气今犹在，千载谁堪与比肩！

中国现代作家代表作陈列馆94年全国精短文学征文赛获佳作奖、在该馆对外展出并永久收藏

选评霞浦「国家」一唱折枝诗

一九九四年十月

身在诗乡即醉乡，甘醇香冽喜先尝。
千红万紫春多少，玉尺宁堪寸寸量。

原载《长溪诗讯》35期，选载《霞浦古今诗词集萃》

两岸文化交流（限韵）二首

一九九五年三月

瀛海珠光两岸联，切磋商榷百花前。雕龙不惮文心苦，艺苑寻春正并肩。

其二

互磋互切更精研，共振文华稔砚田。

莫道沧波千里隔，翰林携手百花天。

原载福建诗词学会《通讯》并分别获两岸文化交流、二、三等奖

爱国诗人谢翱逝世七百周年祭　一九九五年十月

节慨超然正气多，狂澜手欲挽江河。
倾家纾难忠邦国，姓字千秋总不磨。

原载《福安诗词》第五集

菊花吟

一九九五年十一月

羞将媚态逐春风，冷落青霜白露中。

枝上抱香甘自萎，由他成败论英雄。

白水览胜四首

一九九五年十一月

拾翠曾期胜地游，轻车白水赏新秋。

溪山不慢迟来客，花尚腾芬叶尚稠。

其二

十里长街蹴水行，刚宜没足素波轻。

是谁减却银河水，尤遗神工削砥平。

其三

素波十里荡琮瑰，峭壁悬崖抱岸回。

莫道岩疆天地窄，溪山胜概九州魁。

其四

踏浪蹬波白水央，红男绿女兴悠長。
相呼相逐情无限，十里春风满广场。
原载《秋实集》六

陇上吟

一九九六年四月

身作耕牛力渐微，涔涔汗水湿重衣。

披星戴月春而夏，不及商场一次机。

全国土地纪念日

一九九六年五月

爱我人间聚宝盆，如金如玉惜田园，
能勤双手皆收获，饱暖千秋福子孙。

奉酬福州三山诗社郑孝禄秘书长惠赠《兰居吟草》 一九九六年七月

兰居雅处咏情多，万斛珠玑一卷罗。

墨海淘沙新铸语，挑灯不厌夜研磨。

鸡窗随笔 二首

一九九六年九月

文章漫道只雕虫，华国咸夸笔下功。
八节四时春在我，千红万紫茁胸中。

其二

茫茫今古等长河，死死生生逐逝波。

剩有文章堪寿世，浪花岩壁刻痕多。

原载《华夏吟友》第三集，入选《当代爱国诗词选》

吟事二首

一九九七年元月

索遍肝肠苦遍心，髭须捻断尚沉吟。

惊人语岂寻常出，淘尽泥沙始得金。

其二

铸语人偏五夜耽，毫端得失静中参。
如聋如哑还如醉，一曲歌成苦亦甜。

原载《福建诗词》第九集

元题

一九九七年元月

笔底铅华画牡丹，都言富贵世同欢。
人间更有高标格，雪里梅花总耐寒。

原载《华夏吟友》第四集

笋

破土穿苔出梦乡，长成筋骨自刚强。

三秋不受严霜管，尽葆青枝诗凤凰。

原载《建瓯诗词》《福建老年》月刊七八年第五期

福安郭绍恩吟友惠赠《识途吟草》 一九九七年三月

斫轮尽感匠心殊，白雪阳春赏『识途』。
一卷多情遥惠赠，芸香薰笥贮明珠。

钱

一九九七年八月

青蚨有泽润身家，得来分明去莫嗟。

一掬泉清甘到腑，肯从浊沼羡鱼虾。

原载《福建老年》月刊九八年六月

读《大梦山房吟稿》随笔　一九九八年元月

『圈地』『开刀』唱未阑，韵回心曲动波澜。
『秦吟』本是匡时作，莫与闲花一例看。

原载《福建诗词》第九集

周恩来总理一百周年诞辰纪念　一九九八年三月

真容蔼蔼记犹新，隔世难忘吐握身。开济丰功昭史册，重霄万古耀星辰。

原载省诗词学会《通讯》23期

赋酬古田苏翔麟吟丈惠赠大著「岫云集」一九九八年八月

骚坛姓字早传闻，清角声凝绕岫云。
一卷芸编叨雅赠，毫端五彩赏缤纷。

十一届三中全会二十周年纪念五首 一九九八年八月

手挽江河洗劫灰，三中一敕召春回。
坚冰打破乾坤冻，四海笙歌共举杯。

其二

文苑如秦一火哀，旋乾有日庆春回。

上林花木陌头蕊，笑向东风树树开。

其三

扫尽阴霾霁景开，沉冤昭雪覆盆哀。
人间正气重霄露，都自三中会后来。

其四

扫清霜雪抚疮痍，正气重回转舵时。

从此春恩敷四海，征途千载矗丰碑。

第三、五首原载《中华诗词》99年第三期及《新中国诗词大观》

其五

伤痕愈尽红羊劫，甘雨舒多绿树枝。

廿载春风天下暖，航程不忘转帆时。

鸡鸣山朝天龟

一九九九年七月

经风经雨年复年，鸡鸣翘首枉朝天。
污衣不脱人间壳，莫想云衢厕众仙。

吟酬翁绳馨词丈惠赠大著《烬燃集》三首 一九九八年十月

风骚国里羡名家，老去江郎笔有花。

惠我缥缃叨远寄，洋洋藻海赏清华。

其二

阳春雅韵谱新弦，万斛鲛珠到眼鲜。

开卷浑忘耕耨累，三更陋几一灯悬。

其三

嗤玉才雄七步奇，风流尔雅是吾师。
问难欲遂平生愿，雁足殷勤系小诗。

郭道鉴先生惠赠《己卯北行吟章》 一九九九年十月

吟旌万里拥雕鞍，瀑海新翻百尺澜。
一斛珍珠劳惠赠，开灯不厌几回看。

入城

一九九九年十一月

洗却田泥践市尘，生涯老去拙图新。
踏波无力潮头弄，赤手临渊枉羡鳞。

读《花朝诗刊》

一九九九年十一月

骚人雅聚趁春朝，眼底风光腕底描。不写飞花不写蝶，行间溢彩自飘飘。

读报有感

一九九九年十二月

悯农欲雨长无雨，『藏负』雷声动九霄。

纵使隆恩深似海，银河水不落人间。

观书随笔

二〇〇〇年七月

高山流水识知音，何必拳拳共枕衾。
未了情怀天地久，人间一瞬百年深。

仙曹还乞作诗奴

二〇〇二年六月

因卧病榻，终日以诗书为伴，更无他物为我破寂，诗书惠我多矣！戏作：

百年老树已根枯，漫向人间问故吾。
他日皮囊长解脱，仙曹还乞作诗奴。

四季吟 四首

春

绰约浮华女，浓妆艳抹来。
江山风雨过，消息费疑猜。

夏

貌改童年稚，肌添大地丰。
情怀多热烈，辅世独邀功。

秋

秋是清廉宰，端容肃步临。
不须财礼敬，赐福遍园林。

冬

历过沧桑后，情怀老更真。
漫言冰雪冷，洁白自为人。

郑孝禄先生赴日探亲旅游赋以送行二首 一九九〇年

铁翼扬吟旆，晴云护客身。
樱花将孕蕊，含笑迓诗人。

其二

兰桂芬堪醉，天伦乐最真。

团圆长岛月，共赏一轮新。

菊

一九九一年

露浥群花艳，风披百卉香。
东篱犹淡伫，无蕊向春阳。

望江南 二首

一九七八年

山中草，瘠土薄壅根。瘦叶不曾扶艳蕊，寸心知自报春恩。默默发清香。

山中树，恩未沐培栽。一叶一枝咸努力，经风经雨莫伤怀。磨炼出长才。

第一首发表于《华夏吟友》第三集。

满江红

一九八一年

金色年华，留不住，驹光过隙。黉宇昔、出群才智、出群成绩。世事不知艰苦惧，前途独闯康庄辟，蹑云梯捷步向青云、争朝夕。

狂飙起，洪水急。空古劫，群芳谪。叹长锄短镰，一身劳役。瘦骨漫嗟革带缓，豪情尽被田泥熄。到如今风雨湿疏翎，沉双翼。

满江红 庆祝国庆三十八周年

一九八七年

卅八年华，神州振、高歌庆祝。睡狮醒，峥嵘中土，五洲瞻瞩。一劫乍醒华夏梦，三中又展春风绿。喜阳光格外灿山河，群芳馥。

云途迥，鹏程远，追四化，长征续。看康庄道上，锦团花簇。改革骤兴千载业，文明共种万家福。奋投鞭捷步上高峰，朝红旭。

临江仙 咏泉州①

一九九五年六月

双塔擎天如臂，清源秀出南州，河山胜概目难收。武坛多俊杰，藻海尽风流。

莫道文明超着，且看改革春秋，腾飞百业总堪讴，彩虹横闹市，春笋笪高楼。

西江月 回归赋

一九九七年四月

祸国宁容输毒，攘夷愤起销烟。南京一纸恨犹绵，痛史血痕染遍。耻涤百年遗垢，歌翻一代新弦。菊花灿烂五星悬，璧返明珠更艳。

原载《福建老年》月刊97年7期

沁园春 欢呼中共十五大隆重召开

一九九七年九月

气爽秋高，四海清和，桂蕊纾香。喜京华盛会，绸缪甘澍，乾坤丽日，谱写华章。继往开来，加深改革，物质精神两发扬。东风鼓、展蓝图特色，伟略堂堂。

山河更换新装，愿远景荧煌百业昌。看腾飞世界，文明华夏，涉溟羽翼，破浪帆樯。百族同心、一邦两制，璧合功收固圉疆。红旗下，仗南针指引，纵辔高骧。

原载省诗词学会《通讯》22期

蝶恋花

福建诗词学会成立十周年纪盛①

一九九八年八月

艺苑群花红欲语、闽峤春暄，大纛吟坛树。一片豪情邦国许，兴观群怨丹心吐。

万里晴空鸿鹄举，十度年华，一代风流数。左海诗声闻万户，帆樯更作汪洋渡。

临江仙 国坪溪水电站②

一九九八年十一月

一去东流千载，如今愿折长腰。不将闲散说逍遥。殷勤为世用，涓滴亦功邀。

万盏明灯高照，无穷动力堪骄。振兴乡国担先挑。机声山谷唱，人海丽图描。

踏莎行 一九九九③

旗拥锤镰，蹄翻騄耳，文明共建家园美。
龙腾虎跃振神州，春风大地舒红蕊。
壮志常怀，雄心不已，航船尤驭长风起。
鹏程万里更高翔，笙歌一路迎新纪。

一九九九年三月

鹧鸪天 吟窗漫兴㈦

一九九九年三月

老去犁锄罢种瓜，爱从藻海觅清华。但教笔底春常驻，何憾楼头日渐斜。怜杏蕊，慕兰芽，愿将心血化鲜花。句期铁砚千磨隽，思逐铜琶拨处赊。

鹧鸪天 学诗⑤

一九九九年三月

万仞山高百尺楼，登临步脚迈从头。蓬莱境界撩人久，上苑风光入梦稠。勤立雪、广盟鸥，扬帆学海泛扁舟。知节不惮前途远，柳暗花明一径幽。

采桑子 灯窗即事三首

一九九九年三月

案头辞赋床头史，古之牵情，今亦牵情，耿耿窗灯夜夜明。

方塘半亩源流活，一鉴波清，八面风清，春在心湖静处生。

其二

情怀欲诉须无语，行也沉吟，卧也沉吟，云锁高楼雾锁岑。梦回笔底神来骤，歌亦随心，哭亦随心，藻海联珠字字金。

其三

如痴如醉还如病，坐冷窗灯，卧夏斤灯，一字未安梦不成。

雕虫莫怨诗心苦，说是闲情，岂是闲情，华国勋功笔下争。

本词三首原载《中华诗词》99年5期

第一首入选《新中国诗词大观》

鹧鸪天 寄北⑥

一九九九年四月

艺苑高标一帜新，编珠编玉独成春。钟王笔墨恒流采，李杜篇章总动人。劳解惑，惑传薪。沛然甘雨润埃尘。深重漫道身长隔，芳草天涯入梦频。

临江仙 山花

二〇〇〇年五月

岂仗人工灌溉，尽收天地精华。荒山穷谷自为家，生唯餐风露，死却沃泥沙。

青眼几人曾惜？丹心不夺无瑕，如荼如火灿如霞。江山勤点缀，姓字不矜夸。

注①本词获「振万杯」海内外诗词大赛佳作奖。刊载《荆桐春韵》及《中国名胜山水旅游诗词散文集》

②原载『黄鹤杯』诗词楹联精品荟萃，入选《中国山水名胜旅游散文集》

③原载《甘肃诗词》季刊99年4期

④原载《华夏吟友》第四集；《福建诗词》第十集

⑤原载《福建老年》99年8月；入选《中国诗词大观》

⑥副标题原作『有怀』《华夏吟友》主编王成纲，《华夏吟友》发表此作时则改为『寄北』

折枝诗选录

永昌层咏　　春节一唱

国为政隆昌岁月　节从菊蕊霜中见

名因文著永春秋　春自梅花雪里生

开放一唱

开怀人乐三中后
放眼途宽四化中

振兴一唱

振旅人期尸裹革
兴文我冀笔生花

国光二唱　　劳动三唱

治国治家原一理　　寿以动延枢不腐

惜光惜玉本同论　　食为劳得味方甘

创新三唱

出就新禾寻嚼乳
愈将创口竟忘仇

晚晴五唱

连天草木晴空下
遍地烟霞晚照中

劳动三唱

十一一唱

历尽劳烦知世味　十倍施恩〻易泯
曾经动乱惜明时　一分为怨〻难消

清平乐鼎峙格　　文教六唱

廉风清自官清正　　独精匠意为文日

乐事浓从世太平　　大苦婆心执教時

文墨二唱　七一一唱

弄墨皆嗤欺世枉　七言觅句求神韵
舞文尽耻盗名虚　一字敲诗感匠心

文教六唱　　七一一唱

世路里程皆教训　　七情用性宜防滥
人情咫尺尽文章　　一念脩身应戒贪

十一 一唱

一挫何堪灰我志

十全未必满人心

欢乐 碎锦格

欢已忘愁姑且际

贫犹作乐奈何中

文墨二唱　　一新六唱

留墨手存千载泽　　敢违古道研新理

撰文身厕百家丛　　莫泥陈规守一经

元千一唱

元佐由来推管乐
千才自古仰萧曹

七一一唱

七字三余耕韵府
一灯五夜措书林

欢乐碎锦格

哀乐岂堪身作茧
悲欢且看戏登台

山水六唱

撰文艺海高山仰
开卷心田活水添

天民一唱　土地碎锦格

天心自古怀仁德　枕怀故土归根叶
民意由来乐治平　敢挺雄风拔地枝

十庆三山定位顶天立地格　胜利一唱

十年树木留余庆　利人厚德原堪颂

三径蔚花返故山　胜我长才总可师

花朝一唱

朝霞捧出沧波日
花瓣编来大地春

山水六唱

手足情联象水似
胸怀又秉海山如

山水六唱

千秋才智书山贮
百代风华墨水留

中秋三唱

人过中年思进退
事观秋叶悟兴衰

胜利一唱　　山水六唱

利于疾病灵药苦　莫诩词源如水盛
胜过针砭诤语良　应知诗境较山幽

梅雪六唱

高节长持餐雪际
深情遥见寄梅时

老犍一唱

老牛尚任田间作
犍马宁甘枥下嘶

秋月碎锦格

春风一唱

忽忽春秋嗟老岁

风和南亩蛙鸣鼓

煌煌日月忆华年

春暖山家燕语梁

秋月碎锦格

客地秋风多萧瑟
故乡明月倍光明

老健一唱

健忘处事糊涂甚
老辣为文芒刺多

国风六唱

春风一唱

吟从坛坫扬风共　风节人谁寒菊似
作在田园报国同　春秋尔乃古松如

附录（一）诗友吟赠选录

戊子词长见示长歌二首谨呈一绝抒感　郭道鉴于己卯冬

长歌盗肆呈才情，掀我心潮久未平。

漫道无华徒小草，敢争春色已菁菁。

注：郭道鉴原福州三山诗社秘书长。

致屏南张戊子吟友权作复信　张景骞

书生骨力爱渔樵，圣世何曾耻折腰。八口吃穿双手给，万斤禾黍一肩挑。村贫唯愿大家富，物阜尤期天下饶。我老抛砖缘底事，际头佳作尽琼瑶。

原载《龙山樵集》张景骞：原霞浦长溪诗社社长

赠戊子

阮大维

才罢锄耕事笔耕，长沮溺亚早知名。
居山气韵词章峭，远市风裁骨相清。
初识风毛夸众友，今看牛耳执新盟。
论文此日叨能共，输与霜华发万茎。

原载《福建诗词》第六集

阮大维：原宁德市诗词协会主席、

赠戊子　　福鼎陈世瑶于庚午春日

勤耕奋读步南阳，儒雅风流一代彰。
学究唐诗尊李杜，生花笔染梓园乡。

注：陈世瑶原福鼎县文化馆馆长

闻戊子词兄染恙诗以慰之　丘幼宣

斯人斯疾我心忧，知己如君世罕俦。
但愿华佗施妙手，回春老树着花遒。

丘幼宣：原福建省诗词学会副会长

附录（二）

读戊子先生诗集感怀四首　周脩钦

（一）

辍学南山志未迁，楚辞汉赋诵八千。
粗茶淡饭和诗饮，明月清风共枕眠。

（二）

南垄稻禾北壑岙，攻书夜夜剪灯花。
山前山后配诗画，春夏秋冬景自华。

（三）

情浓文雅气尤豪，困顿寒儒心志高。

苦涩咸酸皆是唱，耕风播雨闹诗曹。

（四）

先生词藻用功深，一字一词一寸心。

上苑风光春正好，蓬莱折楫撼琼林。

附录（三）《闽东报》报道文章

耕耘尚读农夫志——记农民诗人张戊子

在屏南有一位土里刨食的农民，三十年来竟创作了一千六百多首诗词，在全国各级报刊上发表了五百多首，他就是被人们称

「农民诗人」的张戊子。

卷帙堆中求乐土

张戊子幼年失怙，从小备尝生活的艰辛。一九六六年，他初中毕业遇上文化大革命，使回家帮哥〻干农活。偏僻的小山村生活极其单调乏味，农耕之余，他唯一的爱好就是读书。他没钱买书，经常跑到十几里外的大村向熟人借书读。不管是小说还是戏剧，有什么书就看什么书，他尤其喜欢古诗词，读着唐诗宋词，他常常忘乎所以。诗词读多了，有时他也情不自禁地拿起笔学着填词作诗、把胸中的块垒、人生的感悟倾诉于笔端。他写的《采桑子》：案头辞赋床头史、古今牵情、今亦牵情、耿耿窗灯夜夜明。方塘半亩源流活一鉴波清、八面风清、春在心湖静处生。正是他心灵的写照。党的十一届三中全会召开后，土地承包责任制促进了生产力的空前发展，农家生活日渐富裕起来。原被生活所困的张戊子按捺不住心头喜悦，写下了数百首颂歌，并被

《中华诗词》等杂志刊载。

满目青山任畅吟

一九八六年，屏南离退休老干部成立了屏山诗社「即鸳鸯溪诗社的前身」张戊子被推选为诗社副社长，他是诗社唯一的农民。他一边种田一边读书学习，钻研诗词韵律，努力提高创作和鉴赏水平，积极参加诗社活动，经常与省内外同行联谊活动，以诗会友，宏扬国粹，歌颂伟大祖国，昌盛的時代，大美的自然。社会活动不仅拓宽了张戊子的创作视野，提高了作品质量，同时也把他的诗词推到报刊杂志，推向全国各地。自一九八九年他的作品首次在宁德市迎国庆四十周年诗词大赛中获二等奖后，至今已六次在省、国级诗词比赛中得奖。一九九四年他的《七绝、纪念虎门销烟》还被武汉现代作家代表作陈列馆收藏。此外，张戊子还积极为祖国统一大业效力，积极参与两岸文化交流，多次参加福州三山诗社和台湾百花亭诗苑举办的诗事活动。其作品被台湾百花亭诗苑收入

《台湾光复节诗集》

张戊子诗名传远了，省内外七家诗社聘请他为诗赛评委。虽诗事繁忙，而他照样不误农事，他的《五十述怀》诗吟道：植遍园林花有子浇肥立陇稻生香。农家传统持勤俭，蜡炬春蚕志未忘。体现了他热爱农家生活，淡泊明志、自强不息的精神。

陆和寿

原载《闽东日报》二〇〇〇年八月十九日第三版

陆和寿：原屏南鸳鸯溪乡政府干部

后记

张戊子诗集辑成付梓，得益多方帮助。最得力是张荣彬先生，他为出版诗集捐赠全额刊印费。张荣彬系戊子先生侄儿，他独资重建改造佳地坮村，使昔日荒村焕成美丽山庄。编辑期间，鸳鸯溪诗社郑道居社长和陈俊孙、张书丛等诸词长热情指导协助；戊子先生之子张龙麟提供相关资料；值此一并表心致谢。

编者

二〇二三、五、

佳地坊昔日风景